歌集

ふる里

鈴木かず

Suzuki Kazu

六花書林

ふる里 ＊ 目次

I

日だまり　11
うで組み歩きぬ　14
ジス・アポイントメント　19
ラビュリントス　21
白むくげ　27
木の芽　30
五月の真昼　33
飛行船　35
かぎろひ　39
白鳥城　42
時　差　46

ネクタイ 51
さくらさくら 54
店 番 57
春待坂 60
うす絹 64
反 論 70
行間に 74
あぢさゐ 79
寂しき所業 86
符 牒 88
日本狼 93
住民票コード 96
切られしガラス 99

盆　102
ラベンダー　105
蜂の巣　109
家族　112

II

沼なりし　117
終電車　121
白粥　124
唱ふがに　127
雨だれの音　131
臘の兵士　133
電話の向かう　135

細り月　140
弥生の雪　142
向かうにそびゆ　146
右折ライン　150
夏つばき　154
うたかたの時の雫　158
素焼のつぼ　162
夢の机上に　164
欠伸する猫　168
南十字星　173

あとがき　175

カバー写真　著者
（奈良県東吉野村小川）
装幀　真田幸治

ふる里

I

日だまり

ふる里は杉の木青み父母が健やかなるをうたがはざりき

閑散とふる里老いぬ杣山に日本狼滅びて久し

杣山を染める夕日の底知れぬ色に脅えき幼きわれは
出会橋渡りてゆきし角隠しゆらりゆらりとそこだけ白く
夕ぐれは子盗ろ子とろと風吹きぬ杉山の影川を越え来て

千代橋に杉の匂ひの風吹けど育ちゆくもの減りしふる里

幼子の少なくなりしふる里に花野のごとき日だまり多し

うで組み歩きぬ

早苗田の蛙の声のみ聞えくる集中治療室に父は目覚めず

何ひとつ変はらず店の開けられゐて父倒れしを肯ひがたし

付き添ひてベッドの父の不確かな息する気配聞き分けてをり

弟に父の病状を告げ終へて少し静かになりゆく心

病む父の手を握りつつ人の手を握らずなりて久しと思ふ

長病めばいかにくやしき父ならむ感覚失せし手足もみやる

病院の昼に出されし卵焼き父は半分われに分かちぬ

おとろへし父の背中を洗ひたる手触り胸にあたため帰る

麻痺の父とうで組み歩きぬ病院の廊下をバージンロードのごとく

帰るとふ吾のことナースに告げむとす言語障害残れる父は

大和路の広告さへも切なかり「山の辺病院」に父病みをれば

ほほづゑをつけば頭は悲しみの大き器と化してゆくなり

父の死を短く告げて妹の泣き出す前に電話を切りぬ

ジス・アポイントメント

みどり子のあくびのごとき木蓮のつぼみはよけて降れよ淡雪

受験期の娘のテープより聞えくるジス・アポイントメント　外は雨

娘と並び眠れど娘には娘の眠り明日に続く闇たどりゆく

夫が娘を叱ればもっともっと思ひつつ娘よりもわれが反発しをり

左から娘は縦書に文字を書く右から書けば手が汚れると

ラビュリントス

旅立ちし子の日程表のほとんどが自由行動　日本は残暑

間違ひが間違ひだつてこともある鍵かけ忘れたわたしの心

子の気持ち理解しがたきこの夕べしきりと母に会ひたくなりぬ

昨日より黙しつづける子の部屋を誰にもなびかぬドアが閉ざせり

時折をカフカの影に寄りゆきて娘庸子はわれを揶揄せり

深々とラビュリントスに入りゆきてミノタウロスと子は親しむか

母われに折にふれては読めと言ふカフカの「城」は庸子の美学

枕辺にカフカを解く本子は並べいとも平和な寝息立てゐる

目まひせりかのエッシャーの絵の前に立ちたるやうに立ちたるやうな

たゆたひぬわれ暁の夢の中母とも子とも子とも母とも

もしかしてカボチャの馬車を信じゐむだけど庸子はわれが生みし子

七人の小人を乗せて渋滞にはまりてゐたるお前を見たよ

母らしく母らしくあらむ子の前に呑みそこねたる白湯にむせびぬ

遠き日は大き迷路を嬉々として子はかけ抜けき我より早く

わが見えぬラビュリントスに入りゆきし子に持たすべき糸玉ありや

白むくげ

唐突に祖父母を訪ふと言ふ少女を雪の駅舎に見送りてをり

いそいそと出かけたけれどあなたには清冽すぎます吉野の冬は

やはらかきウェーブ持つ娘がストレートパーマをかけて奈良より戻る

父の日に娘の購ひし白むくげ木の下やみに存在たしか

まつ白の胴着に汗を滲ませて十九《じふく》歳の初夏に竹刀ふる汝

振り袖のセールの報せ相つぐに娘はジーンズを好みてはけり

シャッターの切れし直後にほほゑめる二十歳《はたち》の顔こそ写しおきたし

庭に来る小鳥の名など話題にしあした受験の娘と紅茶のむ

木の芽

ドアいくつ開けても見知らぬ部屋なれど開けずにをれぬ夢を見てゐつ

用件をしどろもどろに並べたり汝もつけたか留守番電話

価値観の異なる人に会ひし後みかんプカプカ浮かぶ湯に入る

わが庭にかをり初めたるさみどりの木の芽で和へむうど買ひにゆく

静かなる海も我には白じらし険しき表情内に秘めれば

全開の熱きシャワーを浴びてゐつあるがままには生きられざるか

日についで緑伸びゆく勢ひに押されつつゐるただぼんやりと

五月の真昼

したたかな酸味を持てどわが庭の甘夏なれば諾ひて食む

絵の中の女が本をめくる音聞えるやうな五月の真昼

花嫁の細きうなじに並びゐる真珠はやさしき首枷ならむ

慇懃に有無を言はせぬ声伝ふ受話器は急に重量増しぬ

飛行船

にこやかに優しさなんて打ち捨てむお玉じやくしの尻尾のやうに

雨の予報はづれてカッと照る夏陽従ふよりも背いてみむか

命とふおぼろなものを盾にとり粘る保険屋の目も口も大き

街の鬱呑みて膨らむおのが身を持て余すごと飛行船浮く

義太夫を草書の文字の雪崩れくる音のごとくに聞いてゐるなり

パンとリンゴ、コーヒーありて向かひ合ふ何の疑問も持たざる朝《あした》

この夜も降りつぐ雨にカレンダーめくればいきなり大き向日葵

野辺山に星見に行かむと誘ふ声星より青く光りつつ来ぬ

透明のやさしき毒を一夜中放つ蚊取器点して眠る

わが内に残る火種のごと点る一つ窓あり夜は明けむとす

かぎろひ

方便は思考の綾とうそぶきてスイートコーンを齧りてをりぬ

修正も手遅れなれば他愛なき嘘のゆく末いざ楽しまむ

ポケットにやさしき嘘をしのばせて君を殺めに行きしは昔

高校生のわれの学びし木造の校舎は阿騎野のかぎろひの中

遠き日の幻影楽しむ母ならむ裏の川原に襤褸燃やせり

母の焼く襤褸の火の粉は雪呼びぬ母しか居ない春の川原に

キリストの涙のやうな十字星またたきやまずバリ島の空

椰子の木の間に光る四《よっ》つ星その均衡を妬みて眠る

白鳥城

消え残る雪かとまがふちぎれ雲浮かびし佐渡の真上に来たり

そそり立つ壁ありてこそ西側に馳せる思ひのつのりたりしか

ベルリンの壁ありし日をひそやかに懐かしみゐしベルント教授

東西の壁除かれしベルリンに心の壁の育ちゐるらし

鷗外に心寄せゐしベルリンのベルント氏の日本語美しかりき

あやしげな韻《ひびき》を持てる名の城をあふぎ見るなりノイシュヴァンシュタイン城

窓遠く光るシュヴァーン湖にこの城の主は見しか暗き運命《さだめ》を

王城の下僕の部屋の木の椅子と樫のベッドに心和みぬ

湖《うみ》近く深手おひたる白鳥の如き雲浮き羽ほろびゆく

白鳥を好みし王は水底の闇に身を置きやすらぎをらむ

時差

敗戦後われ幼くて聞きなれしアメリカ大陸に今降り立ちぬ

この国の広さに疲れて戻りたるホテルの窓にミシシッピー川見ゆ

飛行機より見しアメリカの大きさをいかに伝へむこの絵葉書に

トランペットは熱き矢尻を放つがにブリザベーションホールにひびく

音楽にうとき我さへ誘はれて手拍子とりぬニューオリンズの夜

うす暗く狭きホールにエネルギー漲りながらジャズは哀しも

子の為に買ひたる赤きマニキュアを試してみたりアトランタの夜

昼近く朦朧として時差といふ旅の余韻にひたりてをりぬ

*

曇天のピョートル宮殿に思ひ出づサーカスに見し白き大虎

トーポリの絮《わた》のごとくに舞ふジゼル紫紺の舞台は果てなく暗し

劇場を出づれば「ジゼル」の哀傷かペテルブルクの街はしぶけり

待つことの微妙なる間を思はせて柿の実あまた色づき始む

ネクタイ

音立つる程の陽差しにうす紅の百日紅はあぶられてをり

人も木も雨欲る夏の日盛りに入信せよと迫られてゐつ

夕闇におほはるまでのひと刻を尾長の番は鋭く鳴きぬ

朝まだきビジネススーツといふ鎧まとふ夫にネクタイ選ぶ

手際よくネクタイしめつつ夫の目は営業マンの目になりてゆく

企業とふ影を曳きつつ帰り来し夫は一杯のビールに酔ひぬ

さくらさくら

途中より「さくらさくら」が賑やかに捩れねぢれてジャズのリズムに

あまりにも捩れ少なきわれと思ふビッグバンドのジャズを聴きつつ

何かが来る明るき予感をもたらしてドラムのソロはいよいよ激し

しなやかにトロンボーンは向きを変へ「マイ・メランコリー・ベイビー」は私に

無臭とふそのやさしさを恐れつつ防虫剤を簞笥に入れぬ

じんじんと肩甲骨のうづく夜は生えそこねたるわが羽思ふ

夕ぐれをお地蔵さんのやうな子が泣きじやくりつつすれ違ひたり

店　番

ふる里にまだ母がゐるそれだけで何ともぬくしいとも切なし

みどり子のわれを抱きし祖母の齢はるけきものと思ひてゐたり

母のみになりしふる里訪ひ来たり間遠きバスを乗り継ぎながら

針のない釣り糸垂るるやうな時流るる村に杉山暗し

母の住む村のはづれの千代橋は姥捨て山につづきてをらむ

期限切れの消火器のごと日々在るをわびしと言ひつつ母はまどろむ

店番をすれば立ち寄る村の人母者はいかにと誰もが問ひぬ

注文を受けたる電話のわれの声母と間違へられしまま切る

春待坂

夜明けには未だ早しといぶかれば予報通りに雪積もるらし

白鷺の羽の色にぞ染まりゆく鷺沼二丁目　雪降りつぎぬ

突然に立て札のありきのふまで無名の坂に春待坂と

ぼたんにはいささか早き初瀬寺つぼみにぬくき夕日差しをり

梅を干すやうな晴天なきままに母の物忘れ多くなりたり

この次はいつ来るのかと母は問ふ曖昧にして電話を切りぬ

見送りの母の視線の届かざる席を選びて発車を待ちぬ

時をりに力尽きたるごとく散る木の葉数へて駅に人待つ

手と足の指の先まで疲れをり自分以上の自分見せ来て

うす絹

留守番電話が作動せり「ただ声が聞きたくて」とのみ言ひて切るなり

うす絹を一枚いちまいはがすごと未明の家具は形なしゆく

一枚の絵なれど窓に道端に人影なければ寂しと思ふ

ひかり号のぼりに乗ればわが思考父母より夫娘《つまこ》に移りゆくなり

突として眠りを破る暴走族孤独の余韻を残して去りぬ

ゲリラめく木の芽はやがてわが庭を緑に染めて勝どきあげむ

この夕べ何かが違ふ違ふのに隣の部屋を充たしゐるジャズ

湯がたぎる愚図は嫌ひと湯がたぎる修司は時計を抱きて走りき

麻痺したる父の仕草を妹と笑ひしのちに涙あふれぬ

飛天にも女《をみな》男《をのこ》のありと聞き何かさみしく眠りにつきぬ

ふる里の杉は雫す透けながら滅びに向かふ村を囲みて

再び《ふたた》は戻らぬ時のこの風を涼し涼しとやり過しをり

逃げ込める殻を背負ひてかたつむり優雅に角を伸ばしてをりぬ

夜といふ水をたたふる湖を泳ぐごとくに人ら踊りぬ

吹き出さむばかりの怒りがひと日経て濃き空しさとなりて纏はる

ちまちまと律儀に光る明け方の星より寂しき我かと思ふ

大声でお母さんとかママなんてもう呼ばないであなたの妻を

反論

ふはふはの湯豆腐食みに木枯しの春待坂を登りて行かな

湯豆腐屋のめぐりに点る提灯に春の雨降る吸はれるやうに

細切れのブリキのやうな声降らせヘリコプターは旋回するなり

登らねばこの急坂を登らねば駅に着かない切符が買へない

反論は二度にとどめて湯に誘ふ夕ぐれ近き外湯はやさしと

横綱の背中ゆつくり波打てばぶだうの種をまたも呑み込む

われはまた瀬戸際に来て逃げむとすあきらめと言ふ安らぎの中に

花びらのこぼるる前に切るべしとのべたる指に刺は鋭し

駐車場のわだちの間にたんぽぽの花咲き出でて陽に耀ひぬ

行間に

長き手紙書き終へたれば心澄む午前三時の如月尽日

行間にわれの思ひを溢れさせ心宥めてなだめて書きぬ

読み返し読み返しして強き語の角を落して手紙書きゆく

咲き盛る桜の蜜を吸ひ取りてほとほとたゆし四月の空は

まぎれなく藍色の声湿りつつ受話器を充たしやがて雫す

明るくて寂しい色のさくら花重なり合ひて咲く下を行く

哀しみの受け皿として聞きゐたるわたしが先に萎れてしまふ

夜を来て哀しみ合へる人々を淡く見てをり黒き服着て

長々と聞きたる他人《ひと》の哀しみが尾ひれとなりて我にまつはる

無遠慮に他人《ひと》の時間を費やして受話器の声は墓地売らむとす

いつの間にひび入りたらむ結婚を祝ひて賜びし伊万里の皿に

心細きわが英単語をやりくりしトルコの青年と浅草歩く

曖昧に頷きをれば止めどなく青年は聞く「ワカリマシタカ」

豚肉は食べないけれどお祈りは忘れてしまふトルコのセミヒさん

あぢさゐ

あぢさゐの花に降る雨いとひつつ見あかずをりぬこの取り合はせ

笑ひ合ひ涙出るまで笑ひつつある哀しみの割込むま昼

初夏の窓におろしぬ白糸の滝のやうなる紗のカーテンを

みどりごのいまだ汚れを見ざる目の青澄むごとし雨のあぢさゐ

となり家に咲きゐしころの精彩を欠きてあぢさゐ雨に冷えをり

わが好む緑の深き闇の季に目の奥ひそかに冒されはじむ

くもりなき百の目となり迫りくる雨の朝《あした》のあぢさゐの花

あぢさゐの花まり雨に揺らぎつつ虚空に大き湖となる

夫ゆゑに子ゆゑに許せぬことのありあぢさゐの花笑ふがに咲く

雨兆す逢ふ魔が時のあぢさゐは暗き眼球となりて膨らむ

頭の芯に千の縫ひ針吸ひ寄するごとく覚めをり午前三時を

あぢさゐの大き花まり露含《ふふ》みわれは魚眼の視野を羨しむ

東の窓に夜明けの気配して頭の芯やうやく朧になりぬ

わが内に何か弾けてあぢさゐは天につらなり虹となりゆく

あぢさゐの複眼のごとき花まりの前に立ちゐるわれは何色

あぢさゐの葉うらの小さきかたつむりめげずに出し来る角やはらかし

木琴をたたくごとくに大粒の雨ふりはじむ青葉の上に

層あつき雲の上なる空の色地に満ちみちてあぢさゐ咲けり

白妙の紗のカーテンの内側にあればものみな優しく見えぬ

涼しげなあぢさゐ色の噓なれば雨よりやさしく耳かたむけむ

寂しき所業

かぎりなく実物に近き花束と知りたるのちの疲れと思ふ

群れるとふ寂しき所業に呑まれゆく心のどこかを軋ませながら

地団太を踏みて過ぎたり雷はさてと私は何してをりし

いく曲がりナビゲーターに導かれ来たりて聴きぬラ・ヴィ・アン・ローズ

松明を掲げし右手に心持ち疲れが見ゆる自由の女神

符　牒

日覆ひのすき間をぬける朝の日は母の古びし店にするどし

村人が日にいく人か買ひに来る　らうそく　線香　栄養ドリンク

朝早く洗濯のりを買ひに来てひ孫の話終らぬ媼

若き日の祖父の願ひのこめられし符牒かハッチミセスエヒロシ
（ハッチ＝作業用ズボン）

母の店に購ふ人らわれよりも品のあり処を心得ゐたり

売り上げの少なき夜を疲れたと八十三歳の母は早寝す

この夜も最終バスは空のままなほ川上の村へ向かひぬ

目の前の空き缶またも蹴飛ばされわたしの鬼はいつまで続く

誰ひとり捕へられずに夕まぐれ鬼さんこちらの声も遠のく

夕暮れの川は河童のガタロウの天下にならむ早よはよ帰れ

友達の欲しい河童は丸木橋渡る小さな足すくふとや

杉山の天狗が村の子供らをひとりふたりとさらひたりしか

腰曲がり足をかばひて店に来る人らはわれを幼名に呼ぶ

日本狼

杣山の日本狼よみがへれ杉の雫が汝が血とならむ

ふる里の杣山深くに撃たれしは日本狼最後の一匹

月明にあやふく眠るわが犬もかの狼もまた純血種

耳遠く視力弱りしわが犬が見あかず仰ぐ降りやまぬ雪を

櫓を取られし舟にひとりの心地してうす紫の眼鏡をはづす

もうやめよう山の向かうの空ばかり眺めてゐても格差は格差

眼底をじつくり調べられてをり嘘を上手につきたきわれは

住民票コード

朝々を階段降りてくる母の卒寿の足音猫より淡し

もう三日雨に濡れゐる百合に似つ信仰篤き人の負ふ罪

疲れたる心は胸のどのあたりさぐれどさぐれど掌むなし

差し出し人不明のはがきにただひとつ白く小さなボートが浮かぶ

やうやうに息するほどの暑きひる住民票コードわが家にも来る

焼印を押さるる牛のさみしさに十一桁の数字見てをり

切られしガラス

その先は考へたくないぼんやりと見てをり鋭く切られしガラスを

とりあへず一一〇番するドロボウに入られました　他人ごとのやうに

裏口を塞ぎセコムを取り付けて前よりもなほ増しくる不安

盗人でなくてよかつた盗まれた側でよかつたよかつたと思ふ

神経科クリニック〝凪〟伸びのびとくもりガラスに水色の文字

占ひ師を訪はむと思ふ思ひつつぐづぐづとして一日過ぎたり

淀みなく澄む声聞こゆでも違ふ言ってゐることが昨日とちがふ

盆

幾万の人の叫びと思ふまで蟬鳴き立つる命返せと

木があげる悲鳴のごとき蟬の声八月六日の空に吸はるる

一億の人に黙禱されようと戻る術なき命を思ふ

報復と祈りのあはひ生贄がその生贄を探して歩く

まつ暗な夜とほたると天の川あやふく残りふる里は盆

つぎつぎに腐り始めぬ夏近き土間に積まれし母のじゃが芋

ラベンダー

浄瑠璃にほろほろ泣きてふやけたる我を吸ひ込む深き地下駅

地下鉄の揺れに合はせてきしむなり女敵かたき女敵かたきと

金魚鉢の金魚のやうにガラス戸に額くつつけて雨を見てをり

降る雨と雨の隙みてはつはつにさつき刈りゆく露もろともに

傘さして庭の茗荷を取りに行く雨にこもりし日の暮れ方を

うつさりと茗荷は雨に繁るなり苗くれし人の病重りぬ

ひしひしとさつき刈りたる夕べの掌血の色透けてかすか熱もつ

雨兆す風の湿りを喜びて大き欅がさんざめくなり

雨期近き庭のラベンダーを湯に浮かべまづは入れと子は促しぬ

灯を消して眠らむとするひと時を濃淡のみの我になりゐる

蜂の巣

夕ぐれの路地にじろりと見上げつつ虎斑の猫が尾を立てよぎる

憎気なる大き虎斑の猫なれど会はねば気になる帰り道なり

沙羅の葉のしげる奥処にぽってりとすずめ蜂の巣太りてをりぬ

蜂の巣を見上げる我らをはりつめて監視するらし羽音鋭く

うっかりと近づくこともあるならむそのうっかりが標的となる

つもりたる胸のこだはりみな言ひし夢のつづきか涙あふるる

連休を読みたき本の見つからず『星の王子さま』借りて帰り来

家族

水上の杉の雫と思ふまで透ける流れに鮎走るなり

スーパーに水売られをりあづみ野と六甲の水いづれを買はむ
（水が売られ出した）

まとまらぬ部のミーティングを娘は言ひて苺ケーキを半分残す

はればれと娘は選びをり真赤なる二人しか乗れぬスポーツカーを

もの言へず二年《ふたとせ》半を生きし父夢に来てさへ黙すは寂し

家族とふぬるま湯のごとき拘束に耀ひて見ゆ二文字「逃亡」

ことごとく夫宛なるお歳暮をほろほろ解きて今年も暮れぬ

誰よりも自分自身を厭ひつつ自分のために祈る明け方

II

沼なりし

夕ぐれの長谷のみ寺の回廊のやさしき勾配を母と登りぬ

その昔沼なりしとふわが町の濃藍《こあゐ》の時を雨深く降る

深々と眠れる町はその上《かみ》の沼の蒼さに沈みてゆきぬ

沼なりし町を慰撫するごとき雨人みな眠る夜を降りつぐ

その上の沼のごとくに眠る町月の光に鷺来て遊べ

夜といふ沼に浸りて来し庭の泰山木は大き影もつ

コピー機の青き光が捉へたる飛天を抱きて娘は帰りきぬ

明け方を飛天のグラビアに頬を伏せリポート半ばに娘は眠りゐつ

夢の間を風がよぎりて昼間みし飛天が笛を吹くかと思ひぬ

胸内に飛天いくつか舞はしめて我はたまゆら空となるなり

終電車

夜半すぎていよよ激しき雨音を一瞬消して終電車過ぐ

つきつめて思へばもとに戻るのみ時間通りに電車は走る

追はれつつ苦しまぎれに飛んでゐる夢を見てゐつ身じろぎもせず

甘えびの首を折りつつ言ふまいと思ひゐしこと言つてしまひぬ

反論も同調もせず煮魚の味を夫はほどよく褒めぬ

時きざむ時計の音は闇に散り眠れぬ我をあざ笑ふなり

明け待たずバイク走らす少年や少女のひとみは星を宿すか

聞き捨てにして来し言葉があかときを暗ぐらとして立ち上り来ぬ

白粥

人の笑ふ声の調子もわが犬の鳴き声さへもおぼろ春めく

きほひて咲きせはしなく散る花の季は駅への道のいたく疲れる

白粥に卵の黄身を落し食むほとんど春のひとりの夕べ

夫も娘も遅きひとりの夕食に血の色ほどのトマト食みゐつ

きりきりと花びら散り来意地悪になり切ることも楽しかるらむ

チューリップの莟ふくらむ　少女らがしやべり始める前の熱気に

唄ふがに

目も口も眉も怒れる菩薩あり暗きみ堂に陽だまりのごと

半眼に見下ろし給ふみ仏にわが声届くことありやなし

唄ふがに言ひ返せれば楽しからむ心の底より腹を立てつつ

突然にわれの時間を奪ひつつ電話は鬱を置き去りにせり

丈長き少女の髪の小暗きにひそかに育つ蛇のあるらむ

天を指す木蓮の枝小きざみに揺れつつ更に伸びる気配す

子のことも夫のことも忘れゐる逢ふ魔が時を春雷ひびく

犬が寝て花があくびをするごときわが庭今日も静かに暮れぬ

青葉して光明るきこの五月われに優しき人病みつきぬ

勉強を投げ出し車を磨く娘に五月の風は何も問はざり

点描のごとく芽吹けるえごの木の幼きみどりに朝日差し来つ

雨だれの音

自分といふものの視え来《こ》ぬこの夕べでんでん虫の角の親しも

雨だれの音も今宵はよそよそし話ひとつをはぐらかされて

耳底に落ち着きわるくある言葉ころがしながら歩いてをりぬ

はだか木にもの言ふほどに虚しければ口を閉ざしてひと日過ごせり

何かすることがある筈と思ひつつ今日も辺りが暗み始めぬ

朧の兵士

富む国も飢ゑに苦しむ国々も空から見ればおぼろに青し

戦争を全く知らぬ娘と共に治安の良きとふシンガポール訪ふ

戦ひの果てて久しきジャングルに癒えざる傷か大砲残れる

シンガポールの小暗く冷ゆるギャラリーに臘の兵士は日本恋ひをり

やしの実に命つなぎし兵もあらむはるか来て飲む淡きその汁

電話の向かう

いつの間にか屋根を越えたる若竹はのらりくらりと風かはしゐる

逃げ水を追ひてアクセル踏みをりぬここは一番君を信ぜむ

夜深き時計の音は膨らみていよよ大きく育ちゆくなり

この空しさは何ならむじんじんと胃のあたりより覚めくる未明

痛きまで耳押しつけて待ちをりぬ電話の向かうは長き沈黙

麓より暮れゆく山を眺めつつ宿の明りを点さずにをり

子育てを終へたる人と湯の宿に柘榴のジュースといふを飲みをり

夕食の肉が余れば娘を思ひ犬を思ひて湯の宿にゐる

このところとみに口数へりし娘か柘榴のジュース飲みつつ思ふ

ふる里の山よりゆるき曲線の尾根重なりて寒き夕ぐれ

かたくなに拒みゐるものを身の内に風よけて入る長き地下道

鉛筆をバッグに探しぬ浮かびたるひとつの言葉温めおかむと

娶らずに老いしわが犬休日を首輪とかれて日溜りに寝る

細りし月

きりきりと細りし月を飛行機がかすめて行きぬ北へ北へと

ぼんやりとクラシックジャズを聞いてゐつある哀しみの遠のく夜を

「どう思ふ」と逆らふくせにわが娘子猫のやうな声にて問ひ来

暑き日は陰を拾ひて行きし道明るきことのみ思ひて歩む

坂多きわが町なれどその坂を登れば遠く富士の山見ゆ

弥生の雪

音立てて脳細胞のこはれゆく時かと思ふ午前三時は

ポケットに鍵さぐりつつ坂登る鈴木もきらひ和子もきらひ

あらがはず従ふために暗緑の胃薬ひとさじ呑み下したり

思ひきり人の面を打ちし夢手ごたへなきまま覚めてしまひぬ

赤ワインたつぷり注《つ》ぎぬ悪《わる》ぶらず芯から悪になりたき今夜

三月の雪を遮る傘のうち誰か抱けよ寒きこの肩

明け方の弥生の雨は雪になり霙となりて又雨になる

はじけ散る時の痛みを含みつつ夢は勝手に膨らみつづく

つかの間を光りて土に吸はれゆく為に降れるか弥生の雪は

向かうにそびゆ

夫も娘も夕食いらぬと出でゆけば時は膨らみ輝きはじむ

雪曇るこんな寂しい夕暮になぜ読むのだらうサクセス・ストーリー

見当をつけて地上に出でたれど行きたきビルは向かうにそびゆ

杉山の影濃き村に住む母をともなひ来たりロッキー見せむと

八十歳の母がたかぶりロッキーを見上ぐる傍に娘は黙しをり

ロッキーの山脈よりも祖母の住む大和の山が好きと娘は言ふ

喉くだる氷河の水のしみわたり身の透く魚に我はなりゐつ

透きとほる氷河の水にふれながら泪の温さを思ひてゐたり

ナイアガラ訪はむと決めしその日より滝は心に太り続けり

ふつ切れたと言ふにあらねば春らしき風がしきりに心を揺する

右折ライン

うしろより風に抱かれ昇りゆく今が盛りの桜咲く坂

忘れたき人と逢ひをり懇ろに逢ひたき人と逢ふよりしげく

旧漢字混じれる文の添へられて叔母が手だれのくぎ煮届きぬ

桜咲く坂を下りて行くうちに他人《ひと》より我を疎みはじめぬ

暮れ切らぬうちにと急ぐ帰り途右折ラインに乗ってしまひぬ

子の上に自分の夢を重ねをり「あなたの為よ」と言ひつくろひて

ヒロインが親の心を重しと言ふテレビドラマを今朝は消したり

たつぷりと湯をたぎらせてちりちりといぢけたやうなパスタ放ちぬ

水無月の雨にひねもす柿の葉はぽつりぽつりと昔を語る
いまだしも挫折を知らぬ人に告ぐ雨の季節の近づき来るを

夏つばき

あこがれて唯あこがれて伸ばしたるわが指バラは鋭く刺しぬ

旅客機に人ら捕はれ夜となる許せざることあまりに多し

人質の解放されし飛行機は夏至の朝《あした》のもやに抱かる

居心地の悪き生き方いとふごと花びんの水を拒む紅ばら

たまゆらの時の雫か夏つばきわれの怠惰を笑ふごと散る

かはたれにくつわ曳く娘の足ふみて栗毛の馬はペガサスを恋ふ

ペガサスになれぬ栗毛は今朝もまた小柄な少女を乗せて走りぬ

疾走をすれども天まで届かざる栗毛は人参うまさうに食む

この夜も栗毛のアヅサはペガサスを夢みて星を見上げてをらむ

白ひげの牧場主が馬呼べり人を呼ぶよりいたくやさしく

うたかたの時の雫

うたかたの時の雫のしゆゆしゆゆと打ち重なりて又誕生日

雨の日のデパートの階のぼりつめ初期印象派の絵の前に立つ

花柄のブラウスたたみつつ思ふやさしきゆゑに強がる人を

思ひ出せぬ一語は遠き雲に似て耀ひながら離りゆくのみ

敗戦後五十年経て江田島も知覧も知らねどローマに来たり

はるか来てミラノに仰ぐ尖塔の先なほ高き高きマリアを

シエスタの町を羊がよぎりゆく淀みに生るるうたかたのごと

来し甲斐のありと喜ぶ母の声ゴンドラの分ける波のまにまに

ヴェスヴィオのかの日の灰は育みぬ命の雫のごとき葡萄を

素焼のつぼ

まだぬくき素焼のつぼを抱《いだ》くごと汝を抱きしははるけき五月

サフランはまつかな舌を出して咲く思ひしきりにゆれ動く昼

金茶色の傘を干しつつ思ひをり二人入れば濡るる一人を

この傘を投げ棄て雨に打たれつつ歩く勇気が欲しいと思ふ

金色のいちやうの柄のハンカチがまあるく白き膝つ小僧に

夢の机上に

信じると言ひきれるものありやなしオウムの信徒の羨しこの昼

青年の青き浄衣に見てをりぬヒマラヤに咲くけしの幻

名も知らぬ劇団の切符をいくたびもバッグの中に確かめてをり

あの頃は未知の世界が好きだつた劇場出づればとつぷりと夜

美しきことば溢るる一冊は夢の机上に忘れて来たり

いくつものわたしの他の私がこの夜も深く育ちてをらむ

穏やかに過ぎたる一日を思ひつつ鋭くとがる月の下行く

あしたには少し間のある午前二時わたしはやつぱりわたしでゐたい

雨だれの忙しき音に目覚めれば昨日と今日がせめぎ合ふ闇

えも言へぬ彌敦《ネイザン》通りの熱気あび娘にせがまれぬチャイナドレスを

鳩の肉と聞きて一瞬ひるみしがレタスに巻きて食めば忘れぬ

欠伸する猫

水仙の花芽いきほふうしろ側身重の猫が大き欠伸す

「おかあさん」と野暮な声にて起さないで桜あふるるこの払暁を

ずるさうな目の色かくさず欠伸する猫をいつしか愛しはじめぬ

淡けれどうす紅のせめぎ合ふ力ひしひし降りくる木下

日のくれの川原に母はごみを焼くひとり暮しのひと日の分を

細々と旧街道のあるかぎりギアーチェンジは手動にすべし

伝ひゆく軒がなければビル街の雨いさぎよく受けて歩きぬ

番傘の油の匂ひするやうな梅雨のさ中のこの夕つ方

宇宙からの啓示のごとき六月の雨ふる窓辺に校正をする

六月の中途半端な雨の中辞表を鞄に娘は出で行きぬ

何くはぬ表情に咲く紫陽花か娘に口出しをするのはやめむ

冷や麦のどつちつかずのその太さ掬ひてをりぬ山葵きかして

南十字星

しろし白し月はしろがねバリ島の望月こよひは聖なる祭り

賑はひを抜け来し人に教へらる南十字星はあの椰子の上と

きはやかに輝く南十字星見ましたとのみ書きてポストに

ゆたかなる日本を見たしと青年は南十字星指しながら言ふ

遠き日を思ひ出しては言ふ人に銀の耳かき土産に買はな

あとがき

一九八八年から一九九八年頃の歌を一冊にまとめてみました。初めての歌集です。

百人一首は子供の頃から大好きでお正月になると家族や友達と遊びましたが、歌を作るのにはことばの並べ方に何か規則があって、特殊なもの、近寄り難いものと勝手に思い込んでいました。しかし、東京から川崎市に引越して（一九八一年）間もなく、宮前区の公報で成人学校の短歌講座の募集を知りすぐ参加しました。

まず初日に講師から、五・七・五・七・七に言葉をあてはめて、何でもよいから表現しなさいと言われ戸惑ったのを思い出します。これがきっかけで短歌を作り始めました。それでも作り始めると面白くて、NHKの通信講座やNHK新宿短歌教室、新宿朝日カルチャーで岡井隆先生のご指導を受け、日経新聞歌壇岡井選歌欄に初めて投稿した「ふる里は杉の木青み父母が健やかなるを疑はざりき」が採られ家族で驚き感激したのが忘れられません。それ以来毎週三首ずつ欠かさず投稿して、採られると批評してもらえるのが唯一の楽しみになりました。その頃の十年間程の歌をほぼ制作順に並べました。その後一九九四年に「未来」に入会して、岡井隆先生の選歌を受け現在に至っています。

ふる里は奈良県吉野郡の小さな小さな村ですが杉山にかこまれ、紀の川の上流が山を縫って澄んだ音を立てています。この川で子供の頃は夕方まで泳ぎました。

その頃の村には役場、病院、歯科医院、銀行、郵便局、小・中学校、魚屋、肉屋、米屋、酒屋、呉服屋、旅館、菓子屋、電気屋、豆腐屋、時計屋、薬や日用品全般はわが家で扱っており、思えば町のような生活に便利な小さな村でした。そして長谷寺、室生寺、三輪神社、橿原神宮、阿騎野、吉野山を身近で親しい景色として、伸び伸び育ちました。

今ではすっかり寂れて空き家が目立ちますが、思い出す村は日だまりのようでもあり、童話の中の不思議な明るい小さな村のようにも思われます。それとも阿騎野に立つかぎろいだったのではないかと思うこともあります。

この度、思わぬ大きな手術を受けることになったのですが、手術まであと一ヶ月半と決まり、色々しておかなくてはと思っても何をして良いのか解らぬまま手術の日を迎えてしまいました。

その時に一番長い時間を共有した娘に、ふっともらした私の呟きを感じ取ってもらいたいと思い、作りっぱなしの歌を一冊にまとめるのもいいかなあ、そうしたら過ぎた日が懐かしくなった時、思い出の引き出しになってくれるのではないかと思って、歌集を創ることにしました。

これまで見守って下さった岡井隆先生、会えば「一冊にすると自分の歌でも発見があって面白いわよ」と歌集にすることを勧めて下さった歌友の皆様が居なかったら、生来の面倒臭がりの私は一生「歌集」を編めなかった事と思います。有り難うございました。最後になりましたが出版に当たりご助言や、細々と面倒をみて下さった六花書林の宇田川寛之さんに深くお礼申し上げます。

二〇一八年五月

鈴木かず

ふ る 里

2018年 6 月26日 初版発行

著　者――鈴 木 か ず
〒216-0004
神奈川県川崎市宮前区鷺沼 2-2-5

発行者――宇田川寛之

発行所――六花書林
〒170-0005
東京都豊島区南大塚 3 -44-4 開発社内
電 話 03-5949-6307

発売――開発社
〒170-0005
東京都豊島区南大塚 3 -44- 4
電 話 03-3983-6052
FAX 03-3983-7678

印刷――相良整版印刷

製本――仲佐製本

定価はカバーに表示してあります
ISBN978-4-907891-66-4 C0092